Emilia Pardo Bazán

La gota de sangre

www.elv-verlag.de

Pardo Bazán, Emilia

La gota de sangre

ISBN: 978-3-86267-420-6

Auflage: 1
Erscheinungsjahr: 2011
Erscheinungsort: Bremen, Deutschland

Cover: Foto © Jo Naylor (flickr), Creative Commons-Lizenz

Europäischer Literaturverlag GmbH, Fahrenheitstr. 1, 28359 Bremen (www.elv-verlag.de).

La gota de sangre

elv

www.elv-verlag.de

Capítulo I

Para combatir una neurastenia profunda que me tenía agobiado —diré neurastenia, no sabiendo qué decir— consulté al doctor Luz hombre tan artista como científico, y opinó, sonriente:

—Usted no necesita cuidarse..., sino todo lo contrario.

—¿Descuidarme?

—Casi... Tratamiento perturbador.

Hacer cosas que presten a su vida violento interés. Lo que padece usted es atonía, indiferencia, le falta estímulo.

¿No podría usted enamorarse?

—Me parece que no. Las mujeres para un rato. Y aun ese rato lo suelen envenenar. Y las que no lo envenenan empalagan. Mal remedio, doctor; mal remedio.

—¿No le agradan los viajes?

—¿Viajes? ¿El Gladstone, el Baedeker, las fondas? Me sé de memoria Europa, y como no busque aventuras a lo Julio Verne... Ya no quedan más viajes emocionantes que los viajes en aeroplano...

—Pues no viaje usted por tierras: explore almas. No hay vida humana sin misterio. La curiosidad puede ascender a pasión. Para una persona como usted, que posee elementos de investigación psicológica...

Agradecí el consejo lo mismo que si hubiese de servirme de algo, y me fui convencido de que la ciencia, ante mi caso, se declaraba impotente.

Aquella misma noche, a cosa de las doce, entré en el teatro de Apolo y me senté en una butaca. Al hacerlo, pasé con el mayor cuidado por delante de los espectadores de mi fila, instalados ya. Creíame seguro de no haber molestado a nadie, y me asombró oír que uno de ellos, el más próximo a mí, me increpaba en alta voz:

—¡Ya podía usted andar con cuidado, so tío!

Mi sorpresa subió de punto notando que quien así me trataba era un muchacho que solía encontrarme en el Casino y en la Peña, una persona «conocida». Tal furia, sin motivo alguno, y la extrañeza que me causó, fue el primer chispazo que reanimó mi abatido espíritu. Al pronto pensé: «¿Estará borracho...?».

Pudiera confirmar la suposición el notar en el rostro de mi interlocutor la palidez y el brillo singular de la pupila, que caracteriza el período extremo de la borrachera. Pero reiteró el insulto, profiriendo:

—¡Eh! ¡Con usted hablo!

Y ni la voz ni el gesto tenían el titubeo de los ebrios. ¿Por qué buscaba camorra aquel individuo?

La gente se fijaba, rumoreaba; los de la fila se levantaron. Éramos, objeto de la atención general; alguien se interpuso. De súbito, mi agresor cambió de tono y, con transición demasiado brusca, o que me lo pareció, se echó a reír, pronunciando:

—¡Ah Selva! Usted perdone... No me había fijado... Dispense. Lo siento mucho... Le ruego que me excuse.

Era el desagravio tan cortés como inmotivado el enojo, y me dejó igual sabor de recelo. Vago, inconsciente, pronto a disiparse, el recelo me hurgó en el espíritu y lo tonificó, despertando mis facultades y fijando mi atención antes distraída.

Mientras me aporreaba los oídos la enervante y estrepitosa música de *matchichas* y tangos, mi fantasía galopaba como suelto, ardiente potro. Daba en antojárseme que todo el enfado de aquel sujeto —se llamaba Andrés Ariza— era ficción. ¿Por qué? Los actos humanos siempre reconocen algún móvil, alguna causa. ¿Qué móvil impulsaba a Andrés Ariza a fingir encolerizarse cuando yo entré sin meterme con él?

En vez de detallar los pies y piernas de las artistas, sus mallas rosadas, sus zapatos curvos de raso brillante, sus redondeces de algodón y sus trapos lentejuelados, mi mirada, de reojo, se posó en Ariza ávidamente.

No atendía a lo que pasaba en escena. No cabía duda, algo raro le preocupaba. Su mano, blanca y bien contorneada, retorcía, nerviosa, la vírgula del bigotillo y de cuando en cuando, inquieto, giraba la cabeza hacia mí. Yo evitaba que me sorprendiese mirándole; pero cada vez me atraía más —con atracción de carácter enteramente indefinible— el estudio de su alterada fisonomía. Un perfume intenso y capcioso, de gardenia, venía de él, cuando se movía, y el tal aroma se me subía al cerebro, como un vino compuesto, irritante.

Muy violento tenía que ser el olor para que se destacase sobre los mil de un teatro lleno.

De pronto me estremecí... Lo que acababa de notar no era nada que no pudiese tener explicación trivial, naturalísima pero ya he dicho que mi fantasía volaba, y no acertando ya a sujetarla, iba arrastrado por ella. Era —en la pechera de la camisa de Andrés, y casi cubierta por el chaleco— una diminuta manchita roja, viva como labio encendido por el amor; una reciente gotica de sangre. Y me eché a pintar a brochazos un cuadro de tonos rojos, de asunto dramático, de locura, de venganza... ¿Quién sabe si un desafío sin testigos, un lance a todo riesgo, en el secreto que imponen las exigencias de la honra?

Cuando, media hora después salí del teatro para recogerme pacíficamente a mi domicilio, cambiaron de giro mis ideas. Sin duda, el raudal de aire de la calle de Alcalá, el aspecto de normalidad de las cosas que me rodeaban, el golfillo de siempre ofreciéndose a avisar al simón, las mismas desharrapadas hembras, brindándome enronquecidas los diarios; los tranvías ya espaciados, la gente dispersándose entre un mosconeo de conversaciones humorísticas, desgarradas, achuladas, me devolvieron a la cárcel de la realidad vulgar, engendradora de mi tedio. Por unos minutos se me había figurado que algo extraordinario pasaba cerca de mí, produciéndome comezón novelesca. La hora en que me dominó tal impresión no era una hora de fastidio sino de exaltación inquieta y acalenturada. ¡Qué hervor y qué devaneo por el arrebato de ira de un señor cualquiera, por una gotezuela de sangre que pudo saltar de las narices! Desgraciadamente la mayor parte de las cosas tiene siempre explicación vulgar y prosaica, y la vida es un tejido de mallas flojas, mecánico, previsto: nada romancesco lo borda.

Encogiéndome de hombros eché a andar. La noche, aunque de invierno y nublosa, era serena, y yo esperaba que algo de ejercicio me ayudase a conciliar el sueño, rebelde en acudir antes del amanecer. Vivía yo en una de esas calles nuevas, no urbanizadas ni edificadas enteramente. Al lado del hotelito que había alquilado existía un solar no desmontado aún, barrancoso, mal cerrado con valla de tablas blanquiazules. No era el único en la solitaria vía, donde el alumbrado corría parejas con lo demás. Las probabilidades de un atraco no me alarmaban; llevaba mi *browning*. No sé por qué en aquel instante la idea si no del atraco, de algo anormal, se precisaba y tomaba cuerpo, mientras me dirigía, alejándome del centro, hacia mi domicilio. Sin duda la efervescencia fantástica del teatro actuaba aún. No se sabe qué tenía que sucederme: la aventura me acechaba para saltarme al cuello. Alarmado, miraba hacia todas partes, espiaba los ruidos. Y al mismo tiempo me obstinaba en repensar en la cara desencajada, el falso enojo de Andrés Ariza. ¿Por qué fingía cólera? ¿Qué explicación tenía semejante fingimiento?

Nada justificaba mis aprensiones. A mi alrededor no había sino esa peculiar sugestión dramática que adquieren de noche las casas cerradas y mudas. Completa soledad. En Madrid, como es sabido, dura hasta muy tarde la animación en las calles céntricas, pero por las vías algo apartadas y donde vive gente rica y aristocrática, es raro que a la una y media o cerca de las dos transite nadie. Cerca de mi calle ya no vi al sereno, el bueno de Pacomio. Sin duda, como otras veces, se hallaba refugiado en cierto figón-taberna donde comen los jornaleros que trabajan en los varios edificios en construcción próximos a mi casa. No me importó, pues llevaba la llave de mi verja y el llavín de mi puerta en el bolsillo.

Al aproximarme, una especie de atracción que no sé explicar me hizo fijarme en el solar abandonado, y noté que la valla presentaba un regular boquete.

Varias tablas habían sido arrancadas, y se hacinaban confusas a uno y otro lado. Y a la parte de adentro, sobre el color claro de la tierra arcillosa endurecida por la helada, observé una forma confusa, algo grande, negro y largo, con algo blanco al extremo. Me incliné, me acerqué bajándome... Era el cuerpo de un hombre, vestido de etiqueta, sin abrigo, y lo que blanqueaba, su cara cerea y el pechero rígido de su camisa. ¡Un cadáver!

—El muerto —suponiendo que lo fuese— estaba completamente al borde de la valla. Si había entrado vivo caería al punto de cruzarla. Saqué mi encendedor y proyecté su luz hacia el rostro.

Era una cara nueva para mí, que creo conocer, al menos de vista, a cuantos muchachos frecuentan los círculos de la corte. Representaba unos veinticinco años, y resplandecía su bigote rubio. El recuerdo de Ariza me acudió nuevamente, evocado por aquel bigote. Me acordé del que retorcía con movimiento tan impaciente. Me llamó la atención que el muerto no llevase corbata, ni botones en la pechera, ni chaleco. Absorto en esta contemplación, me sobrecogió un ruido de pasos toscos. Era sencillamente, el sereno, que, en cultivo de su propina, solía alumbrarme para que fácilmente introdujese la llave en la cerradura. Zapateaba, sin aliento, y se confundía en explicaciones.

—Señorito... me habían llamado en la otra calle... Abriendo estaba al señor conde de Marciela...

En cualquiera ocasión me hubiese reído de la excusa, porque, conocidos los hábitos del enfermizo conde de Marciela, señor metódico y valetudinario, era sumamente inverosímil que se retirase a tal hora, pero no me sentí dispuesto a reír. Me volví hacia el astur, con un gesto de mandato.

—Tenga cuidado, no mienta. Hoy podría ser para usted un compromiso serio haber dicho cualquier cosa que no fuese la pura verdad. No trate usted de engañar a la Justicia. En ese solar hay un muerto.

Aterrado, el «gusano de luz» dirigió la de su linterna al punto que yo señalaba, y cuando vio el cuadro, entre dientes soltó una interjección.

Yo permanecía bajo el peso del descubrimiento horrible. Una duda me asaltó entonces. ¿Y si el hombre no estuviese muerto, sino borracho? Era preciso socorrerle sin tardanza, abrigarle, recogerle a techado.

—Ayúdeme a levantarle —dije al sereno—. Puede que tenga vida.

—¡No le toque, señorito! —imploró Pacomio—. No tengamos líos con «los» de la Justicia; no nos desgraciemos. Ya tengo vistos muchos difuntos, y este es uno más.

Me enhebré, rozando las tablas, en el solar. El sereno, protestando, aconsejando, exclamando, alumbraba. Me incliné sobre el cuerpo; palpé una mano estaba helada. Traté de percibir la respiración. No la había. Alcé un brazo. Recayó rígido. Tenía razón Pacomio, los auxilios eran inútiles.

—No quiero molestias, ni pasar la noche en vela —murmuré entonces deslizando un duro al sereno—. Pida usted socorro: venga la autoridad, haga lo que sea costumbre. Repito que no mienta usted, ni oculte que yo he visto ese cuerpo. Este es un caso de decir la verdad, para no tener disgustos.

Ya en mi casa, me acosté y quise dormir. Cuando lo conseguí, fue mi sueño un tejer y destejer confuso de interrumpidas escenas, en que se combinaban las dos impresiones de la noche. El incidente del teatro, el drama del solar, se encadenaban en la relación íntima que entre ambos establecía mi excitada mente. Unas veces daba en creer que el muerto y el fingido encolerizado eran una sola persona; que el frío cuerpo del solar era el de Andrés Ariza. Otras, que Andrés Ariza lo descubría antes que yo y me acusaba, fundándose en la proximidad de mi vivienda al lugar donde aparecía la víctima. ¿Víctima? ¿Crimen? Despierto, no podía yo ni asegurar que lo fuese porque no recordaba haber visto en aquel hombre lesión ni herida alguna. Y, sin embargo, la convicción del crimen, originaba mi fiebre. Lo comprendía: lo único que llegaba adentro, que rompía la gris uniformidad de la civilización, era el crimen. El sabor amargo y salado del crimen había quitado de mi paladar la insipidez del tedio. Solo el crimen podría conseguir interesarme. Me revolvía en la cama sobre espinas; por mis venas corría azogue. ¿Por qué no había querido ver levantar el cadáver? Quizá para madurar mi ensueño, mi intuición misteriosa. Para meditar, como meditan los visionarios, fuera de lo real que se ve, en busca de lo real que se esconde.

Capítulo II

No pudo sorprenderme el recibir, a las once de la mañana, la citación del juez llamándome a su despacho con urgencia.

Me arreglé, almorcé frugalmente y, tomando un coche para llegar más aprisa, me presenté al funcionario. Era un abogado joven, con pretensiones de intelectual, de esos que tienen en su despacho una fila de obras de la casa Alcan y disertan en la Academia de Jurisprudencia, en veladas conmemorativas. Yo le conocía del Ateneo; pero esto no lo recordé hasta que le vi. Me saludó con afectación de obsequiosidad, asegurando, por vía de exordio, que me llamaba únicamente para pedirme que cambiásemos impresiones, puesto que, según afirmación del sereno, era yo el primero que había visto en el solar el cadáver.

—Hay otra razón para que se me interrogue —respondí, deseoso de divertirme un poco a expensas del juez, que imaginaba ser más listo que yo—. Y es que mi hotelito linda con el solar. Son dos datos cuya importancia no necesito encarecer, pues usted la adivina. No solo conviene interrogarme, sino también a mis dos criados. Algo pueden haber visto.

—¡Por Dios! —exclamó el juez—. ¿De usted, quién sería capaz de pensar?

—Usted mismo. Tengo para mí que, por ahora, soy la única pista. ¿Me equivoco?

—Vamos, déjese usted de bromas, señor Selva, y hágame el favor, porque el asunto es serio, de no regatearme su preciosa cooperación. No le pregunto de dónde venía usted cuando halló el cuerpo, porque lo sé; venía usted del teatro de Apolo, donde cuestionó con un muchacho, Ariza, que ocupaba la localidad inmediata. Cuestión baladí. Ariza se excusó y quedaron ustedes amigos.

—Veo que está usted bien enterado. Pregunte, y le manifestaré lo poquísimo que conozco.

Así lo hice, punto por punto. El juez me escuchaba ávidamente.

—¿De suerte que usted no conoce al muerto?

—No recuerdo haberle visto jamás en parte alguna.

—¿Es cuanto puede usted decirme respecto a su personalidad?

—En absoluto.

Noté un rápido fruncimiento de cejas.

—Seguramente, Selva, tendremos que marearle a usted con motivo de este crimen... —pero ¿hay crimen? —exclamé con vehemencia casi gozosa.

—¿Lo duda usted?

—Al mirar ayer el cuerpo no vi en él lesión ni huella de violencia.

—Es que...

—Perdone que le interrumpa. ¡Adivino! No quiero que usted suponga que necesito la explicación. No se veía lesión porque le vestirían después de matarle. Debí suponerlo cuando noté que ni llevaba corbata, ni botones en la pechera.

La cara del juez se nubló más. Empezaba a alarmarse. Su escama crecía visiblemente. Sentía en mí una fuerza que le obligaba a desplegar toda la suya, y acaso no le bastase, ante un adversario tan dueño de sí y tan astuto.

—Vamos a poner en claro la situación, señor juez —continué pidiéndole permiso, con un ademán, para ofrecerle un cigarro y encender otro—; usted sospecha de mí. Hace usted bien. En su caso, me sucedería lo propio. Insisto en que no hay rastros de otra pista, por ahora. El crimen no puede atribuirse a unos atracadores vulgares, porque los atracadores, si desnudan a un hombre en la calle (se han dado casos), no es para volver a vestirle. Su deber de usted es agotar los medios de establecer mi culpabilidad. Sin tardanza creo que procederá usted a tomarme una declaración en forma. Por mi parte, tengo algo que advertir y que rogar a usted. La advertencia es que si usted, por ejemplo, dejándose llevar de sugestiones que pueden partir de la opinión alborotada y reflejarse en la Prensa, me mete en la cárcel, será el modo de que este crimen no se averigüe jamás.

—Como favor amistoso le ruego que me indique el porqué de esa afirmación —suplicó el juez.

—Muy sencillo. Porque me he propuesto ser yo quien lo descubra, y se me figura que solo yo lo he de lograr. Quizá me ha sugerido tal propósito la lectura de esas novelas inglesas que ahora están de moda, y en que hay policías de afición, o sea *detectives* por *sport*. Ya sabe usted que así como el hombre de la Naturaleza refleja impresiones directas, el de la civilización refleja lecturas. Usted es una persona demasiado culta para no hacerse cargo de esto.

—Y además, señor Selva, y perdone; usted necesita demostrar con claridad meridiana lo que, por otra parte, todos afirmaríamos: que es ajeno por completo a este suceso sensacional.

—¡Pchs!, creo que no es eso lo que me impulsa... Eso se demostraría solo, y desafío a la autoridad a que pruebe lo contrario... Pero lo mismo da. El móvil no importa. ¿Le conviene a usted que le desenrede esta madeja? Entonces, sin faltar en lo mínimo a sus deberes profesionales auxílieme a su vez. Entéreme ahora de lo que no sea reservado, de lo que la Prensa de esta noche contará a todo Madrid.

El funcionario vaciló un momento. Recelaba sin duda contraer serias responsabilidades. Al fin se decidió:

—Pregunte usted.

—¿Quién es el muerto? ¿Se le ha identificado?

—Sí. Se llama don Francisco Grijalba. Es malagueño y solía venir a Madrid de cuando en cuando a pasar unos días, por los negocios de la casa azucarera en que ocupaba un cargo importante.

—¿Persona de sociedad? ¿Soltero? ¿Rico?

—Algo de todo eso. Un muchacho «bien» y que trabajaba y al cual se le auguraba un porvenir en los asuntos comerciales.

—¿Tenía querida en Madrid, o andaba a la que salta?

—No hemos llegado aún a dilucidar ese delicado punto... Veo que usted piensa que debe aplicarse el antiguo consejo «buscad la mujer».

—¿Tenía familia en Málaga?

—Una hermana casada y el padre, un señor achacoso, que no podrá venir por sus padecimientos.

—¿Cómo le mataron? ¿Qué golpes o qué heridas recibió?

—Dos heridas, de estoque, una de ellas bajo la tetilla izquierda, que habrá interesado el corazón. No se ha procedido aún a la autopsia.

—¿Cómo se las compusieron ustedes para identificar...?

—No ha sido difícil. ¡Oh! Nosotros ya estamos familiarizados... Se preguntó en los hoteles de lujo si faltaba algún huésped. Contestaron en el de Londres que no aparecía desde la tarde de ayer ese señorito don Francisco Grijalba. Se llamó al dueño, y en el deposito le reconoció.

Anoté en mi cartera: «Hotel de Londres».

—Puede usted proceder a tomarme declaración señor juez —advertí—, después que apure ese cigarro. Y tomada la declaración, convendrá que inmediatamente, y sin necesidad de auto, porque el auto es usted mismo, se venga a mi casa a practicar un reconocimiento, a registrar mis papeles y mis armarios y todo. Al lado está el solar. Convendrá también que usted lo examine detenidamente. En estos casos nada debe descuidarse.

Nuevas brumas se condensaron en la frente de aquel hombre que no sabía si ver en mí al criminal cínico, descarado y lleno de osadía, o a un ser superior, *dilettante* de emociones, capaz de darle lecciones en su profesión misma, a pesar de la biblioteca Alcan y las disertaciones académicas.

—Bien —profirió—; no veo inconveniente alguno en seguir la marcha que usted me indica, pues es la misma que yo me proponía. Se lo digo a usted en confianza. A sus criados de usted se los interrogará así que evacuemos la diligencia de registro.

Momentos después entraba el escribano y se me tomaba declaración. Dije la verdad estricta, lacónicamente.

—¿Qué hizo usted y por dónde anduvo todo el día de ayer? —fue una de las preguntas.

—Por la mañana, a las diez, estuve en casa del doctor Luz, con quien consulté. A las once y media volví a casa y nada de particular hice hasta las doce y media, hora en que me sirvieron el almuerzo. A las tres fui al Casino y leí la Prensa y charlé de política con algunos socios. A las seis salí del Casino y estuve en la tienda del anticuario Roelas, en la calle del Prado. A las ocho comí en la Peña. A las diez salí de la Peña, y como en todo el día no había hecho ejercicio y me sentía muy aburrido y de muy mal humor, paseé sin objeto por las calles, desentumeciéndome. A las doce menos cuarto entré en Apolo, para desde allí, vista la última función, retirarme a casa a dormir.

—Fíjese usted bien. Se le va a leer su declaración —advirtió el juez—. Ante todo, le ruego que recuerde si habló con alguien o le vio alguien que le conozca en esas horas, de diez a doce.

—Ya —observé—. Esas son las horas en que se ha cometido el crimen. Cuando yo ocupé mi butaca de Apolo, el cuerpo de don Francisco Grijalba estaba en el solar. Los médicos suponen que la muerte ocurrió de once a once y media, ¿no es eso?

—Eso es...

—Pues no puedo nombrar a nadie con quien haya conversado, ni que yo conozca y me haya visto a esas horas. Yo llevaba alto el cuello del *macferlán* un tapabocas de seda blanco, muy subido por temor a las neuralgias, y el sombrero calado. Además, en la calle huyo de los pesados que se nos agregan para quitarnos la soledad y no darnos compañía. Lo probable será que no haya coartada, señor juez.

El funcionario parecía reflexionar. Al fin decidió:

—¿De modo que usted ha dicho cuanto sabe?

—Sin faltar punto ni coma.

—¿Se confirma usted en que no conocía al muerto?

—Ni de vista.

Me leyeron la declaración, que firmé. Y, ya extraoficialmente, el juez me interpeló:

—¿Insiste usted en que descubrirá la verdad sobre este crimen, que tan misterioso se anuncia?

Un momento dudé. Iba a comprometerme a algo que probablemente no podría realizar. Tal vez antes, al jactarme de descubrir el crimen había procedido a impulsos de esa fanfarronería o gasconada que tanto abunda, aquí donde el individuo, no auxiliado por la sociedad, cree llegar a todo por sus propias fuerzas, y llega a veces. ¿Qué medios tenía yo para desgarrar el denso cendal? Y, sin embargo, allá en mi interior advertía dos estímulos; el primero, que descubrir el crimen quizá me interesaba personalmente, y a no descubrirlo yo, la Justicia llevaba trazas de caer en una zanja honda. El segundo, que creía saber —de un modo oscuro, borroso, por artes singulares o por presentimientos casi increíbles— «algo» del sombrío hecho...

«¡Qué diablos! —reaccioné mentalmente—. Soy hombre de inteligencia y cultura, desocupado y que, además, siente el inexplicable golpeteo de la corazonada... El drama me ha interesado en su primer acto; he de intervenir en el desenlace. El caso es que desde ayer no me aburro... ¿Cuándo empecé a no sentir el peso del fastidio? ¿Cuándo solté el yugo de plomo?».

Recordé. No me aburría desde el punto en que en el teatro, Andrés Ariza me injurió. Volví a ver su rostro demudado alteradísimo, y la centella de granate de la gota sangrienta sobre la blanca pechera volvió a herir mis ojos... Resuelto, me encaré con el juez.

—Insisto en que lo pondré todo en claro si se me ayuda con buena voluntad, con amplitud de espíritu, dándome facilidades, atendiendo a mis indicaciones y no prendiéndome todavía.

—Dispuesto estoy a hacerlo —concedió el juez—; pero usted no ignora que sobre mí pesan deberes y responsabilidades. No me pida usted sino lo que quepa en mis atribuciones.

—Usted verá. En la medida en que se me auxilie, prosperará mi indagatoria.

—¿Está usted conforme en que procedamos al registro de su casa inmediatamente? Lo ha solicitado usted —respondió de un modo evasivo el funcionario.

—Y vuelvo a solicitarlo. Si usted quiere, salgo delante, tomo un coche, y usted, señor juez, en otro, me sigue. A mi puerta le aguardo. No conviene que desde aquí nos vean ir juntos. Se nos vendrían encima mil curiosos.

Convino en ello y me despedí «hasta ahora». Afuera, en los pasillos, aguardaba un grupo de reporteros judiciales —alborotados con lo que el crimen parecía que iba a dar de sí, y la tela de artículos e informaciones que se anunciaban— que intentó detenerme. Cortésmente me escurrí. No ocurría nada que mereciese referirse, les dije con amables fórmulas. Todo seguía envuelto en misterio impenetrable. Dos fotógrafos entre tanto, me enfocaron. La luz era escasa, y espero que por tal retrato no será fácil reconocerme.

Capítulo III

Al acercarme a mi casa noté que bastantes papanatas permanecían inmóviles delante del solar.

Se precipitaron a ver cómo me bajaba del coche. Minutos después llegaba el juez con el escribano, y en otro coche, dos sujetos bien portados, pero que tenían ese aire basto y burgués, esa falta de soltura en el modo de llevar la ropa que caracteriza a la Policía. Sus gabanes, sus sombreros, eran de líneas duras. No hice tal observación hasta que estuvimos dentro del hotel, pues fuera había oscurecido, y en el recibimiento iluminado fue donde nos saludamos.

—Los señores son de la Policía —dije al juez—. Sean bien venidos.

Uno se adelantó y se me acercó, afectando cordialidad. De cerca, sus ojos eran sagaces, buscones. Después supe que entre los de su profesión pasa por ser quizá el más entendido y de más fino olfato. Lo sensacional del crimen, el revuelo que estaba iniciándose en Madrid, indujeron a que, desde los primeros pasos, se acudiese al renombrado Cordelero, poniendo en sus manos el asunto.

—Adelante, señores —me apresuré a decir.

Mi casa es una cómoda vivienda de soltero que ocupa posición desahogada y tiene gustos de arte y literatura. Está en perfecto orden, y mandé al criado Remigio y a su mujer, Teresa, mis dos antiguos y leales servidores, que franqueasen mis habitaciones. Los dos sirvientes tenían caras de desenterrados, en que se traslucía sin disimulo su terror a la Justicia. Obedecieron, taciturnos, y entregadas mis llaves, fueron abriendo puertas y muebles. Harto debían de saber que allí no se había cometido ni sombra de acción criminal, y, sin embargo, comprendí el temblor de sus almas. Registramos el comedor, el saloncillo, un gabinete donde tengo el piano, la cocina, las dependencias. Todo revelaba una vida pacífica, legal. Subimos al segundo. Allí están los dormitorios y el baño. Fuimos derechos a mi alcoba, donde guardo mis papeles, en un *secrétaire* Imperio, cuya llave presenté al juez. Mientras este la hacía girar, Cordelero, que permanecía en segundo término, se acercaba a la ventana y, rápido, recogía del suelo un paquete.

—¿Qué es esto? —preguntó, como si hablase consigo mismo.

Me volví y vi con extrañeza un envoltorio cubierto de tela oscura y amarrado con cinta negra, de seda.

—¿Qué es esto, Teresa? —pregunté a mi vez, dirigiéndome a la criada—. ¿Quién de ustedes puso ahí ese envoltorio?

—No sabemos qué es, señorito. No lo hemos puesto.

Cordelero colocó el paquete sospechoso, muy cuidadosamente, encima de la mesilla donde suelen servirme el desayuno, y me interrogó con la mirada antes de desatarlo.

Al signo afirmativo que hice soltó los nudos de la cinta, separó la cubierta de percalina sedosa, y apareció un abrigo de paño, fino y elegante de corte muy doblado, y dentro de él varios objetos: una cartera olorosa, de cuero inglés, un pañuelo, un reloj extraplano con su cadena, unos botones de pechera (ojos de gato y rubíes *calibrés*), unos guantes blancos, una petaca lisa con trébol de esmeraldas.

El juez me miraba más encapotado que el cielo de tormenta.

—Cordelero —supliqué—, voy a pedir a usted un favor. Este hallazgo extrañísimo debe aprovecharse, venga de donde viniere. No toque usted a los objetos de metal y cuero. Es el mayor interés que se tomen las improntas digitales que sus superficies conservaran de seguro. La huella de los dedos del criminal o de su cómplice está ahí.

El policía me miraba con expresión mixta de triunfo y de asombro. Para él era aplastante contra mí aquello de haber descubierto en mi casa el abrigo y los efectos de la víctima, después de hallarse su cuerpo en el solar. Y, a la vez, comprendía que mi observación era exacta y conforme al último figurín policíaco: allí estarían las improntas, las huellas de las yemas del asesino.

—No se tocará... —barbotó—. Señor juez, hay que tomar nota de lo que aquí aparece...

Adelantóse el criado Remigio. Su voz la entrecortaba y la empañaba un sentimiento de indignación.

—Con licencia de usía, señor juez, ese paquete lo han tirado desde el solar a este cuarto. Que me degüellen si no es así —y se pasaba la mano de refilón, por el pescuezo—. El señorito nos tiene mandado que la ventana de su dormitorio esté abierta siempre. Ya le tengo dicho que un día le darán un disgusto, que ese solar es muy mala vecindad: pero quien manda, manda. El dice así, dice: «Más quiero que un día me roben que respirar siempre aire malo». ¿Verdad, tú, Teresa, que es lo que dice el señorito? Y hoy, cuando vine a cerrar, de noche, tan cierto como que soy Remigio Camino y nací en Lugo, entré a oscuras, y sólo con la vislumbre de la luz del pasillo, cerré y me salí. El paquete lo tiraron desde fuera y estaría ya dentro.

La explicación del fámulo tenía todas las trazas de verdad. Miré a Cordelero con sonrisa irónica. El apartó la cara malhumorado. ¡«Mi pista» era tan lúcida, tan aparatosa, tan cómoda! Siendo yo el asesino, no había que quebrarse los cascos ni riesgo de plancha policíaca. Ya me tenían entre sus uñas...

Terminado el registro y sellados, por indicación mía, los papeles, me volví hacia el juez.

—Desearía —rogué— hablar con usted y con el señor Cordelero, reservadamente, un cuarto de hora.

Salieron los compàrsas —escribano, criados, el policía, que secundaba a Cordelero— y ofrecí asiento a mis interlocutores.

—En estas primeras diligencias —afirmé— se ha perdido un tiempo precioso y lamento no haberme quedado a presenciar el levantamiento del cadáver por el juez de guardia. En el solar se habrían podido descubrir huellas del pie de los asesinos, que trajeron ahí el cuerpo desde el sitio en que se cometió el crimen.

—¿Por qué dice usted asesinos? —rezongó el policía—. ¿Está usted convencido de que son varios?

—Son lo menos dos, hombre y mujer. Y figúrese usted lo que valdría sorprender las huellas de un gentil piececito. ¡Ahora ya es inútil: cien pisadas las borraron! En fin: al grano, señores. Ustedes parten de la idea de que yo soy el culpable. Hace unas horas no lo extrañaba: no existía más apariencia que la mía; lo reconozco. Pero ahora, después que han aparecido en mi dormitorio el abrigo y demás prendas de la víctima, hallo sumamente candoroso que no hayan ustedes cambiado de rumbo. Para quien tenga nariz, tal hallazgo es prueba refulgente de mi inocencia. Recuerden ustedes que yo mismo pedí el registro, y vean si, de ser culpable, no hubiese lanzado el paquete a una alcantarilla, que es lo de rigor Señor Cordelero, le creí a usted más largo. Todo esto viene de que la Prensa, por la mañana, empieza a asirse a mí, y abunda en reticencias acerca de dos hechos: que yo descubriese el cadáver y que mi casa linde con el solar. La turbamulta me cree culpable: y los verdaderos culpables, en vista de eso, y de que estas prendas los comprometían, han discurrido venir a boca de noche a meterlas por mi ventana. Probablemente, su plan era dejarlas en el solar; vieron la ventana abierta e hicieron puntería. Y se fueron riendo. Se fue riendo, debo decir, porque no vendría sino uno. Esto reviste un carácter de trama burda, que no puede engañar a un funcionario judicial ni a un policía tan experto.

Cordelero no sabía lo que le pasaba. La evidencia de mis observaciones le confundía. Entreveía un mundo de ciencia policíaca y una escuela de arte a la europea, que le avergonzaba por no conocerlas.

—¿Por qué dice usted —preguntó— que los criminales son un hombre y una mujer?

Me di el gustazo de desafiarle con un sonreír compasivo; y el juez se precipitó, deseoso de manifestar que comprendía más que el desconcertado sabueso:

—¡Porque... amigo Cordelero, eso se cae de suyo! La víctima ha sido asesinada estando en la cama... Y como no fue asesinada en el hotel donde vivía, mujer tuvo que andar por medio...

—Mujer anda por medio siempre —afirmé—; pero a veces se queda entre bastidores. Aquí, me atrevo a jurar que tomó parte activa. Ese paquetito fue liado por una mujer. El pedazo de lustrina que lo envolvía no es cosa que tenga en su casa ningún hombre; solo las mujeres conservan retales así en sus armarios. Acaban ustedes de ver los míos. No se parecen a los de una dama. La cinta es un accesorio que tampoco guarda ningún hombre. ¿Qué dice usted, Cordelero?

—Usted me permitirá —contestó involuntariamente mortificado— que me reserve mis impresiones.

—Resérvelas en hora buena. Yo juego limpio y le doy a usted los triunfos. Los señores asesinos, sean quienes fueren, se han permitido procurar que recaigan en mí las sospechas. Voy a barrerles la telaraña: voy a descubrirlos, y esto ha de ser en plazo breve. A lo sumo... invertiré tres días, a contar desde este instante. Y si cumplo mi propósito (que lo cumpliré), deseo que recaiga en el señor Cordelero toda la gloria. Diré a quien me quiera oír que fueron ustedes, el señor Cordelero y el digno señor juez, los que alumbraron las oscuridades de la instrucción. En cambio, impongo dos condiciones. La primera, que trabajen, cuanto más mejor, por establecer mi culpabilidad. La segunda, que me averigüe usted, señor Cordelero, esta misma noche, por los medios que tiene a su alcance, los nombres y el género de vida de las personas que habitan las casas de las dos calles que desembocan en esta. A los moradores de mi calle los conozco, y sé que no hay nada que aprovechar por ahí. Si usted tiene la bondad de traerme la relación mañana por la mañana, a mediodía me pondré en campaña..., y milagro será...

—La proposición me parece razonable, Cordelero —intervino el juez—. Selva no puede hacer más.

—Y vigile usted mi casa y mi persona entre tanto; no se me ocurra escaparme al extranjero —añadí con el gesto de fina chunga que me placía adoptar—. Pero active esto de la lista. Y si usted no pudiese hacerlo, lo haré yo... Solo que entonces necesito un días más.

Cordelero protestó.

—¿No se ha de poder hacer?— ¡Inmediatamente!

Parecía un perro que no sabe si le ofrecen un hueso o un latigazo.

Mis criados declararon a su vez. Creyeron hacer una habilidad encerrándose en monosílabos y medias palabras.

Capítulo IV

La noche fue agitada, como la anterior, y volví a soñar cosas incoherentes, no sobre el crimen, sino sobre la insignificante incidencia del teatro de Apolo. Veía a Andrés Ariza precipitándose contra mí con el puño cerrado, en el cual, como si fuese un apache, ocultaba una llave inglesa armada de un pincho agudo, de esos que causan herida mortal. Cuando yo iba a gritar «¡socorro!», Ariza escondía la mano y me tendía la otra, dándome mil satisfacciones. La pesadilla duraba aún al entrar Remigio, con la misma cara larga de la víspera, a anunciarme que ya estaba ahí «ese señor».

—Que entre, hombre... No estés tan afligido: no nos ahorcan... Y tráeme el desayuno.

Siempre ceñudo. Cordelero saco su lista e intentó leerla. Un movimiento mío lo detuvo.

—Tengo que pedir a usted mil perdones. Le hice trabajar demasiado y en balde. Debí decirle que no eran necesarios nombres ni informes de los inquilinos que viven con su familia y son gente respetable y formal. Permítame usted —añadí, cogiendo la lista—. Don Antonio Díaz Otero y señora..., no hay caso. Marquesa de la Islaverde..., esa señora viuda y caritativa...: tampoco. Conde de la Baldía..., setenta años, reumático...; menos. General Escalante. ¡Bah! El general es una persona muy seria. A ver, a ver... Aguarde usted... Doña Julia Fernandina... ¿No es esta la que llamábamos Chulita Ferna, la famosa hija del conde de la Tolvanera? Chulita... ¡Vaya! ¿En el número quince? Espere usted... Bueno. Mil gracias, señor Cordelero. Si usted me lo permite, guardo esta lista, y me voy derecho al hotel de Londres, donde la víctima se hospedaba.

—Ya se han hecho allí averiguaciones. No me toca exponérselas a usted; pero eso a mí no se me escapó, señor de Selva.

—Lo supongo. Pero, en fin, amigo, más ven cuatro ojos que dos. Lo que le suplico, en cumplimiento de lo estipulado, es que me acompañe al hotel, para que no tengan reparo en facilitarme indicaciones. Es más: si usted quiere, será usted quien dirija las preguntas. Ya sabe usted que toda la gloria del descubrimiento en el señor Cordelero recaerá.

Me miró, entre zaino y escamón, y se atusó el híspido bigote.

—Lo que encargo es reserva —añadí—. ¡Un cuidado infinito con la Prensa! ¡Sobre todo al principio! No convienen espantaliebres. Deje usted que sigan acusándome. Nada de nuevas pistas.

Me arrojé de la cama; me vestí en un vuelo y salimos por una puertecilla que se abría sobre el diminuto jardín de mi hotel y comunicaba con otra calle. Y bien nos avino pues ante la verja hacían centinela tres reporteros de diarios, que vanamente habían intentado corromper a Remigio y llegar hasta mí.

En el hotel de Londres preguntamos por el dueño. Salió solícito, y se puso a nuestras órdenes.

—Ya estuvo aquí el señor ayer, horas después del crimen —advirtió, señalando a Cordelero—, y ha preguntado mil cosas... En fin: vuelvan a preguntar que la verdad diremos. Nuestro afán es que todo se averigüe. ¡Pobre señorito Paco, tan simpático! Hay que reprimir la «inmoralidá»; los tiempos están perdidos.

Cuando habló así el hostelero, ponía yo en tensión mis facultades, y allá en lo recóndito de mi ser espiritual sentía algo tan anómalo, que apenas acierto a definirlo. Era como si la intuición confusa y vaga cristalizase de repente, y su punta afilada me hiriese, arrancándome un grito. «Ahí, ahí», parecía que exclamaba, en la sombra, una persona desconocida, distinta de mí mismo. La inspiración debe de revelarse en tal manera, por una especie de dolor exaltado, al impulsar a los actos que no tienen que ver con la razón, con sus cálculos lentos y sus vuelos cortos.

De este escondido fondo psicológico salió la voz que pronunció, como en sueños:

—Es cierto; le han preguntado a usted mucho; pero es preciso completar la indagatoria, enterándose de cuándo vino aquí por última vez a visitar o buscar al señorito Grijalba ese amigo suyo..., el señorito de Ariza.

¡Verdad que viene de lo alto, verdad suprema! A mi interrogación, lanzada al azar, desde lo desconocido, el fondista, con la mayor naturalidad, respondió:

—Deje usted que recuerde... El caso de la muerte del señorito Francisco ocurrió un lunes... El sábado había estado aquí el señorito de Ariza pero no subió; mandó recado de que el otro bajase. Por eso me enteré.

—¿Venía mucho? —insistí, tembloroso radiante.

—No señor... Venía rara vez... Pero ¿se pone enfermo el señor? Tiene un color muy «malismo».

—¡Quiá! Es que encuentro muy frío este locutorio. Siga, siga: ¿dice usted que venía poco? El caso es que se veían.

—Como verse, no digo que no se viesen. Yo sólo me entero de lo que pasa aquí; fuera, cada huésped tendrá sus amistades.

—¿Qué negocios trata ahora el señorito Paco? ¿Lo sabe usted?

—Vamos, como saber de fijo, de fijo..., no. Pero serían, como siempre, de esa Sociedad, la Azucarera, que representaba. Ya, otras temporadas que estuvo, trabajó en recoger créditos.

—¿Sabe usted si las sumas que cobraba las giraba a Málaga, o las depositaba en alguna parte?

El fondista trató de hacer memoria.

—De eso me preguntó también el señor Cordelero... Yo, ciertamente, no sé... Lo único que puedo recordar es que pedía a veces comunicación por teléfono con el Banco. En el Banco debía de depositarlas.

—¿Puedo ver la habitación del muerto? —interrogué.

—Está sellada por el Juzgado —advirtió el policía, severo—. Sin autorización...

—En ese caso, retirémonos. Poco fruto ha dado esta indagatoria —agregué hipócritamente.

Corrimos al Banco. Una fiebre dulce encendía mis venas. En vano me dirigía a mí mismo exhortaciones para moderar la fantasía, para no agigantar las cosas. El júbilo de hallar el nombre de Ariza mezclado en el sombrío drama me enloquecía. Desde el primer momento, como guió a los Magos una estrella, me había guiado a mí la gota de sangre a su rojo brillo, ¡qué de horizontes! El negro crimen parecía esclarecerse ya. Y, no obstante, ¿qué había averiguado yo de positivo? Que Ariza, como otros muchachos alegres de Madrid, era amigo de la víctima...

Y no más. ¡Y bastaba! Porque la fatalidad parecía haber puesto a Ariza en mi camino, y él, temerario, había cruzado su destino con el mío, igual que se cruzan dos espadas de combate...

En el Banco, el director nos recibió después de hacernos esperar un poco.

—Comprendo —dijo con verbosidad, después de los saludos y primeras frases— por qué interviene usted en este asunto, señor Selva; una serie de funestas coincidencias le pone en el caso de vindicarse. Para mí, está usted vindicado. Si fuese usted culpable, el muerto no habría sido encontrado nunca en el mismo solar que linda con la casa de usted.

—Gracias por esa opinión, señor director. La Policía piensa lo mismo, puesto que me permite asociarme a sus trabajos.

—Que serán muy arduos. Rodean a este crimen sombras tales...

—No lo crea usted. Las sombras no están en los crímenes, sino en los entendimientos. Apenas hay crimen sin rastros claros y elocuentes. Muy poco tardará en descubrirse el que ahora nos preocupa. Faltan algunos datos. Necesitamos saber qué sumas ingresó aquí la víctima.

—Tres veces en quince días, trajo partidas considerables. Todo se transfirió a la cuenta corriente de la Sociedad anónima, en la sucursal de Málaga. En total, importaría lo ingresado unas cien mil y pico de pesetas.

—¿Cuándo ingresó la última cantidad?

—Aguarde usted...

Pidió la fecha por teléfono a las oficinas, y la respuesta fue que seis días antes del crimen.

—¿Cree usted, señor director, que Grijalba hubiese hecho efectivos ya todos sus créditos atrasados?

—No lo creo. Se hubiese vuelto a Málaga.

—Importa mucho precisar ese detalle. No necesito sugerir el porqué a una persona que tan sagazmente sabe hacerse cargo.

El director se acercó al teléfono nuevamente, y dio una orden.

—Que venga el señor Durán.

Momentos después, el señor Durán se presentaba. En su ceceo, en su habla graciosamente contraída, revelaba ser paisano del muerto.

—Señor Durán —instó el director—, perdone que le molestemos; pero los señores aquí presentes tienen que hacer algunas averiguaciones respecto al crimen de la calle...

Durán se encogió de hombros.

—Eze crimen poco tiene que averiguá... El criminá, es Zelva; ¿quien va a zé?

Hice disimulada señal al director de que callase, y sonriendo afablemente, asentí:

—Entendemos, como usted, que el criminal es Selva. Todo le acusa, pero el deber nos impone que esclarezcamos algunas particularidades. ¿Era usted amigo del muerto?

—Venía a vese a consultarme, porque yo conosco a to Málaga y a toa la gente de negosio de aquí.

—¿Había realizado el señor Grijalba la totalidad de sus créditos?

—No señó; digo, si me diho la verdá. Siento veintisinco mil y ochenta peseta había realisao, pero el taho de cobro era mayó. Le quedaban por realizar unas siento setenta y do mi.

—¿De un solo deudor, o de varios?

—Epérese uté... De la casa Bordado y Compañía. Parese que andaban mu reasios. Había diferensias de apresiasión en el totá del crédito.

—¿No sabe usted si pagaron al fin?

—Lo vamos a sabé ahora mismo, si el señó directó me permite que telefonee tomando su nombre...

—Desde luego...

—Mil cuarenta... Bordado. Al jabla, bien... Pregunta el señó directó del Banco si se hiso efetivo el crédito que contra esa casa tenía la Sociedá Asucarera de Málaga... ¿Ah? ¿Que ya comprende a qué viene la pregunta? Perfectamente, algo de eso habrá... ¿Que sí? ¿Cuándo? ¿Eh? ¿Er lune? Aguarde uté... ¿A qué hora? ¿A las tre de la tarde? Grasia... Un horró, pobresiyo Grijalba... ¿Qué están ahí los documento justificativo de que Grijalba cobró y que puen verse? Ya lo suponemo; ¡una casa tan respetable como utés! Perdonen... Grasia.

—¿Qué tiene usted, señor Selva? —exclamó aturdidamente el director—. Se ha puesto usted muy encarnado... ¿Se ha puesto usted malo?

—No, señor... Es lo contrario. ¡Es alegría! Recuerden ustedes bien lo que acaban de oír: las ciento setenta y dos mil pesetas las hizo efectivas el señor Grijalba el lunes, día de su muerte, a una hora en que no podía ingresarlas en el Banco ya.

Al volverme hacia Durán, para encargarle la buena memoria respecto a un extremo grave y de cuantía, le vi tan azorado y confuso que me eché a reír pues me rebosaba la satisfacción orgullosa.

—¿Que es eso, señor Durán? ¿Está usted cohibido porque acaba de enterarse de que soy el Selva a quien usted considera autor del crimen? No se apure, ¡qué tontería! Yo, desde afuera, diría lo mismo que usted. Lo bonito de estos casos es que parezcan una cosa y sean la contraria ¿Verdad, señor Cordelero?

Capítulo V

Me despedí del enfurruñado policía, y volví a pie a mi casa, suponiendo que no me perdería de vista, desde lejos. Durante el no muy largo trayecto, hervía mi imaginación reconstruyendo la historia de la única mujer de la vecindad que podía haber intervenido en el suceso. ¡Julia Fernandina, Julia Fernandina!...

Era hermana de la actual condesa de la Tolvanera; pertenecía a familia virtuosa, muy grave, muy ilustre... ¿De dónde? ¿De Andalucía? Sí, de Andalucía... ¡Hasta juraría yo que de Málaga!... ¿Cómo Julita, la niña de la mejor sociedad, se había convertido en la Chulita Ferna, astro de la galantería equívoca? Como sucede en estos casos: empezando por el amor juvenil loco pero sagrado y acabando por el vicio y la decadencia... A los veintitantos años, escandalizando a la *high-life* andaluza, la aristocrática joven se fugaba con un maestro de francés. En París abatieron el vuelo los tórtolos. De la vida parisiense de Chulita se contaban horrores. Su padre hizo cuanto pudo por desheredarla; pero al morir agobiado de vergüenza, algo de su cuantiosa hacienda quedó a Julia, que vino a Madrid y se instaló con lujo. Ninguna señora la trató; pero hubo dos o tres, como ella caídas y expulsadas de la sociedad, que asistieron a sus tertulias, en compañía de bastantes «muchachos de la crema» y de conspicuos aficionados al género. Diversos hijos de familia, y aun padres de lo mismo, se gastaron con Chulita un riñón. Después empezó a palidecer su estrella, aunque no cambió su conducta; solo que en vez de exhibirse en fastuosos trenes vivía casi en el retiro, como viven, en la linde de los cuarenta, muchas de estas que podríamos llamar monjas recoletas del demonio. No por recoleta haría penitencia. Seguía desplumando a los pájaros gordos y con enjundia si los encontraba, y asociada a algún mozalbete. ¿Quién era el socio mas reciente? ¡Si yo estaba seguro de haberlo oído en la Peña!

Mi memoria se tendía como una cuerda de guitarra, cuando aprietan la clavija. Evocaba el tipo de belleza de Chulita, menudo, delicado, cuerpo de una gracia serpentina, cabecita pequeña, género Goya, del que ahora se llama «inquietante». Sus ojos eran flechadores y ojerosos, y al ensalzar sus encantos más o menos íntimos, se solía detallar su pie, muy arqueado y estrecho. Lo que tenía yo presente era la boca, cruenta en el rostro descolorido. Aquella boquillita bermeja me había sugerido, en ocasiones, ideas no muy santas. Actualmente, la semejanza de la boca con una herida fresca me recordó las dos del cadáver de Grijalba, el pecho blanco juvenil con agujeros lívidos. ¿Sería en casa de Chulita donde el crimen se había consumado?

Por un momento, y a pesar de los éxitos ya conseguidos, comprendí que me había excedido al comprometerme a poner de manifiesto en tres días la urdidumbre de negra tela. Mientras me desalentaba, en los rincones de la subsconsciencia seguía trabajando el recuerdo. El fonógrafo en que archivamos las impresiones pugnaba por emitir una; ansiaba hablar. El fenómeno era curioso: algo que tenía olvidado, porque cuando lo oí no revestía para mí importancia, al adquirirla ahora tan capital, sordamente volvía a la superficie.

Me veía en la Peña, a la una de la madrugada, soltando distraídamente los diarios, mientras que a mi lado, clavel blanco en ojal y cigarro en boca, Manolo Lanzafuerte y Pepito Arahal charlaban, como siempre, de mujerío. Mezclábanse allí los recatados deslices de altas damas y nobles dueñas, con las públicas aventuras de busconas y daifas; se recontaban ruinas, escándalos, daños, campanadas estrepitosas y mansos acoquinamientos. Y el nombre de Chulita salió a relucir.

—¿Chulita Ferna? ¡Hombre, pues es verdad! Desde que ha tronado con Perico Gonzalvo, no se sabe...

—Estará con algún pollete. Gonzalvo es ya tan viejo que no puede con el rabo, y, además, no hay guita.

Intervenía entonces Tresmes, el escéptico Tresmes, que daba siempre la nota del desengaño, y murmuraba, burlón:

—Con un pollete está, porque cuando se ponen fondonas...

—¡Fondona Chulita! —protestaba Arahal—. Hombre no entiendes el asunto... La he visto anteayer, iba en un cochecillo hacia el Hipódromo. Había que quitarse el sombrero. Más guapa que nunca. Es de las aniñadas; tiene un secreto. No representa ahora arriba de veintiséis años.

—Pues, hijo, échale encima quince o veinte.

—Los que os dé la gana. Eso de la partida de bautismo es pamplina para los canarios. La edad de las mujeres está en la cara y en la serranía. Chulita vale por doce de esas niñas peinadas a lo serafín, que saben a calabaza cocida. ¡Es mucha hembra!

—¿Por qué no te has arreglado con ella tú? —preguntó con fisga Tresmes.

—¡Ay, ay! —gimió Arahal imitando el cante «jondo»—. ¿Sois simples como pájaros fritos, o sois desmemoriados? Chulita, para mí, pertenece a la historia antigua... ¡Si estáis hartos de saberlo! No digas que no, Manolo.

—¿Y por qué la dejaste?

—Porque llegué a tenerle miedo...

—¿Miedo?

—Yo me entiendo... Es temible. Derrite el dinero y derrite el tuétano. Bueno es que no sean de pasta flora; los ángeles, para el que le gusten; pero tanto, tanto... En fin, si os queréis enterar...

—¡Bah! Enterados estamos, hijo... Que diga Tresmes, ya que lo sabe, quién es el de ahora.

—Que lo diga... Que lo diga...

«¡Que lo diga!», cavilaba yo, ansioso con la fatiga del que olvido lo más interesante... Y como centella deslumbradora, después del momento congojoso, el nombre saltó, brotó con ímpetu.

—¡Andrés Ariza! ¡Andrés Ariza!

Me quedé absorto. Me paré, me recosté en una esquina. Todo se confirmaba. Ya no podía quedarme ni sombra de duda, ni señal de incertidumbre. Veía el crimen como si lo estuviese presenciando; en sus móviles, en su trama, en su desarrollo. Era la gradación clásica de la caída moral hasta las profundidades abismales. La pareja apurada por ahogos de dinero; las combinaciones infructuosas para granjearlo; la hipótesis criminal empezando a agitarse y rebullir, como insecto venenoso, en su pensamiento; la llegada del amigo provinciano, que viene a realizar fuertes sumas, créditos de importancia, y es fácil de atraer, porque acaso desde hace tiempo le envuelve el hechizo de Chulita; la emboscada preparada para el instante en que el dinero no puede ingresar en el Banco; los pormenores del hecho atroz, el velo de misterio que se tiende, espeso y tenebroso, en derredor de la verdad... ¡Y todo lo había yo descubierto sólo con la fuerza de mi instinto, con el romanticismo de mi fantasía, combinando los sucesos reales, visibles, para encontrar la clave de los recónditos!

No se trataba ya sino de confirmar lo adivinado. Para ello tenía yo que jugar un poco al *detective* y servirme de medios un tanto extravagantes, con espíritu de novela juridicopenal. El primer paso consistía en la entrevista con Chulita Ferna. Lo que esa entrevista hubiese de ser me lo dictarían las circunstancias, la casualidad amiga, el azar, terrible numen que tanto me iba protegiendo.

En mi situación, ¿qué haría un *detective* profesional? La cosa es obvia: empezaría por disfrazarse. Apenas lo hube imaginado, empecé a dar vueltas a la idea del disfraz. Quería uno que me permitiese recobrar mi personalidad a todo momento, sin la ridiculez de las barbas postizas y la blusa de albañil, sin renunciar ni breves instantes a la exterioridad de la clase social a que pertenezco. Chulita me conocía muy poco, de vista, de años atrás. Yo no la tenía inscrita, como Pepito Arahal, en las anales de mi pasado. No era, pues, necesario realizar una gran transformación. Entré en una barbería y me hice rasurar barba y bigote, según los últimos cánones de la moda. Adquirí en una perfumería una cajita con pasta para comunicar a la piel un ligero tinte rojizo y me dirigí a mi casa con propósito de estrenar un terno que acababa de recibir de Londres. Adquirí la certidumbre de que Cordelero seguía vigilándome y de que no se me perdía de vista porque dos sujetos, de indudable traza policíaca, que se hacían los transeúntes alrededor de mi hotel, no ocultaron un movimiento de asombro al verme entrar afeitado, y otro más marcado aún, hosco y violento, al verme al poco rato salir convertido en inglés elegante. No supieron disimular su alarma, y, persuadidos de que iba derecho al tren, me siguieron, ya sin disimulo, quizá resueltos a echarme mano. No sería pequeña su admiración cuando comprobaron que me dirigía, sencillamente, al número quince de la calle inmediata, y, previa una pregunta al portero, subía las escaleras despacio, como quien va de visita.

Al llamar en el piso entresuelo de la mundana, salió una doncella pizpireta, cuya respingada carilla y gesto picaresco reñían con las ideas tétricas que me guiaban allí.

—¿Espera la señora al señor? —preguntó con mezcla de reserva y melosidad.

—Por lo menos sospecha mi venida —contesté, intrépido—. Traigo recado del señor Ariza; un recado urgente.

Era arriesgado, pues Ariza podía encontrarse allí mismo; pero solo con audacia se avanza en ciertas situaciones.

—Pase el señor —se apresuró a conceder la doncella—. ¿A quién anuncio?

Di un nombre inventado, mixto de inglés y español, y me introdujeron en la sala, refinadísima y con notas de arte delicado, de Chulita. Desde la puerta, un perfume insinuante se me coló por las narices, dominándome el sentido. Era el aroma trastornador de la blanca y carnosa gardenia.

Capítulo VI

Soy muy sensible a los perfumes, y, si no me dan jaqueca, al menos me encalabrinan los nervios y me producen una excitación malsana. Aquel aroma, ya percibido en el teatro de Apolo, me recordaba la gotezuela de la sangre. Entré en la sala bajo el influjo de tal olor, que delataba y acusaba a Chulita. Como efluvio ya perdido y lejano, acudió a mi sensibilidad íntima la reminiscencia de otra sensación. Se me figuraba que también el muerto y los objetos lanzados a mi dormitorio, que habían pertenecido al muerto, exhalaban ese olor, que yo, desde el teatro, traía como una obsesión, en mis mucosas. Esperando, ocupé un sillón, de forma muy elegante, igual que el resto del mobiliario. El retrato de Chulita, hecho por un pastelista de moda, se ostentaba sobre el sofá. El artista, muerto muy joven, había traducido fielmente aquella expresión enigmática de los oscuros ojos, aquella sangrante frescura de la boca y, además, el modelado exquisito de un busto perfecto, diminuto como el de una niña, diabólicamente virginal, que señalaba el ceñido traje, de forma Imperio, de gasa rojiza, realzado por cinturón y bordados de plata oxidada. ¡Oh mujer, señuelo del espíritu del mal! ¡Bajo esa gracia tuya late el hervor de la gusanera del sepulcro!

Cinco minutos tardaría en presentarse la pecadora. Durante ese corto plazo, yo había trazado mi plan de campaña.

Era, como todos los míos en este asunto, un ataque por sorpresa, en que fiaba la victoria a lo brusco de la acometida. Convenía no dar tiempo a que la astuta se pusiese en defensa. Importaba cogerle la acción, con hábil maniobra, con rapidez fulminante.

Me levanté y la saludé hasta los pies. Venía risueña, infantil, divinamente ataviada con un traje de interior, de crespones y cintas fofas; representaba los veinticinco, a lo sumo; pero doloridas ojeras de color malva orlaban sus ojos de sombra. Un azoramiento reprimido y nervioso se revelaba en la retracción involuntaria de la mano que me tendió, y que estaba fría y madorosa a la vez.

—Le he anunciado que vengo de parte de Ariza... Perdone usted, señorita, este pequeño engaño, cuyo objeto era ser recibido prontamente —dije con pronunciación no extranjera, sino levemente extranjerizada—. Vengo por cuenta propia. Soy malagueño, criado en Londres, y conozco mucho, y desde hace bastantes años, a la familia de don Francisco Grijalba, que ha sido asesinado, como usted no ignora.

Un tinte terroso se esparció por la cara de Chulita, y sus pupilas giraron como si la cegase un rayo de luz demasiado fuerte.

—No comprendo, señor mío, qué relación...

—¡Ay señorita!; veo que se encuentra usted muy atrasada de noticias... —exclamé sin asombros de ironía—. Ya me lo temía yo; los que tenían obligación de velar por usted son los que la abandonan, llegado el momento crítico. No se comprende que, amándola a usted, Ariza proceda de tal modo. Usted ignora la tormenta que se ha formado, y va a estallar y a caer sobre su cabeza de usted. En Málaga, y también aquí, la gente empieza a señalar como culpables de la muerte de Grijalba... ¿no adivina usted a quién?

—¿Cómo quiere usted que adivine? —contestó rehaciéndose y flechándome su relampagueante mirada, en que la soberbia era, lo comprendí, disfraz de un pavor hondísimo.

—¿Es posible que nada sepa usted? ¡Qué indignidad, tenerla a usted en la ignorancia de lo que tanto le importa! Ya, desechada una falsa pista, se sigue otra; todo Madrid, soliviantado por este crimen del gran mundo, señala a usted y a Ariza como autores de la tragedia.

Un movimiento confuso, un balbuceo cortado, salió de sus labios de grana, que amorataban en aquel momento el reflujo de la sangre al corazón. Vi que estaba bajo la presión del terror del animal cogido en el lazo, bajo el dominio del puro instinto, y comprendí que, por unos minutos, era mía. Decidí aprovecharlos.

—Va usted a ser presa sin tardanza.

Ariza, ¡esto es lo peor!, en vez de prevenirla a usted, se ha marchado, nadie sabe adónde. Se le busca; pero no se ha dado con él...

Era aventurado el golpe, pues Ariza podía en aquel mismo momento llamar a la puerta. Yo, contaba con la casualidad, próvida, oportuna. Hice bien: Chulita no dudó; se vio perdida; quiso gritar y no pudo; se llevó la mano a la garganta y, aumentada su palidez hasta un tono mortal, cerró los ojos, desvaneciéndose.

Entonces hice algo osado, más loco. La tomé en brazos y avancé con mi carga casa adentro. Como había supuesto, el gabinete y la alcoba estaban seguidos, en pos de la sala. No dividían a la alcoba del gabinete sino dos altas columnas, detrás de las cuales colgaba una cortina de espléndido encaje de Bruselas, hecha expresamente sin duda, pues ostentaba el monograma de Julita y la corona condal de la Tolvanero (no sin derecho, pues la hermana de Chulita no tenía hijos). Vi esto en un relámpago de ojeada; mis facultades parecían haberse centuplicado. La inspiración acudía. Preparaba mi drama mentalmente, como el artista su creación. Levanté la cortina riquísima y apareció el lecho de madera blanca con tallas doradas, admirables, de rosas, carcajes y palomas, velado también de encajes, mullido de sedas... Era allí, en aquel nefando altar de galantería y depravación, donde había sido sacrificada la víctima. Me representaba la escena: Grijalba, dormido e inerte; Ariza, clavándole su estoque, atravesándole el corazón y, a pesar de lo corto de la hemorragia en tales heridas, recibiendo, sin saberlo, en la pechera la marca, el estigma del crimen; la gota de sangre que me había iluminado como un astro rojo...

Deposité a Chulita encima del lecho. Continuaba el síncope. Le di aire con mi pañuelo, y, como no volvía en sí, busqué la complicada abertura de su corpiño y desabroché y arranqué cintas, y desvié telas para que respirase, y de una mesilla con chismes de plata tomé, precipitadamente, un pulverizador. Del pulverizador salió un agua impregnada de aquel mismo capcioso, embriagador perfume que se respiraba en torno y cuyo vaho jaquecoso vino a mí en el teatro, saliendo de las ropas del asesino... Un olor es una cosa viva o, al menos, un duende que se nos mete en el ánimo y lo conturba, y lo posee, y lo embriaga. Yo perdí la razón y me entregué a la sugestión del perfume. Abrió ella lentamente los ojos, suspiró y con impensado movimiento echó a mi cuello los brazos... Una sonrisa silenciosa florecía en el rojo cáliz de su boca sangrienta y en el negro abismo de sus pupilas un reflejo infernal me atraía y me espantaba. No era la mujer y sus ya conocidos lazos y redes lo que causaba mi fascinación maldita; era la idea de que aquella boca estaba macerada en el amargo licor del crimen, en la esencia de la maldad humana, que es también la esencia de nuestro ser decaído y al morderla gustaría la manzana fatal, la de nuestra perdición y nuestra vida miserable...

Ella, muy bajo, repetía:

—¡Sálvame! ¡Ese infame me ha abandonado! ¡Ya lo temía yo! ¡Se llevó el dinero! ¡El hizo todo, todo! ¡Sálvame! ¡He de quererte tanto! ¡Tú no sabes cómo quiero yo! ¡Mi amor es una brasa viva! ¡A él le aborrezco! ¡No me dejes ir al patíbulo! ¡Sálvame, amor, amor...!

Esto, entrecortado; esto, suspirado entre las ondas mareadoras de su aroma insidioso, de sus ropas y de su piel de tafetán, entre el nudo serpentino de sus brazos y el embrujamiento de sus labios, en que las mieles de varios estíos habían dejado múltiples sabores de perversidad y de anatema. Y la promesa me fue arrancada:

—No tengas miedo; te salvaré...

Por orden mía hízome después el relato del crimen. Todo combinado por Andrés: «¡Todo!», repetía, rebajándose ante mí con vileza de querer trasladar la culpa, porque sería noble defender al otro; pero Chulita parecía más mujer al temer y mentir... Y yo la miraba compasivo.

Me olvidaba de que, poco antes, había entrado en la morada de Chulita dispuesto a tenderle un lazo que la perdiese; a adquirir las pruebas de su crimen. Fue el filtro de las épocas poco varoniles, el de lenidad e indulgencia, lo que corrió por mis venas durante un momento, momento irreparable. Acababa de comprometerme a salvar a la mujer, y mi compromiso me hacía, en cierto modo, cómplice de los dos reos. El eje de mi conciencia había girado cambiando la orientación de mi espíritu. Una parte del pecado me correspondía ya. La horrible manzana había crujido entre mis dientes y su ceniza me obturaba la garganta, me cegaba los ojos. Yo me recostaba allí donde habían asesinado la cortesana y el perdido, y su crimen me entraba por los poros, me subía al cerebro, serpenteaba por mis nervios, cuya vibración sensual duraba aún y me envolvía en un aire de insensatez tal que sin saber lo que hacía abrí la ventana del gabinete y expuse mi frente al aire puro y helado del exterior. Era una imprudencia incalculable; podían verme en aquella casa, donde acaso al día siguiente, se concentraría la curiosidad de todo Madrid. Pero el baño de aire restauró algún tanto mi conciencia y me prestó lucidez. Me insulté por dentro, me desprecié... y, como David, me arrepentí. ¡Miseria humana! Me acerqué a la criminal. Estaba pasándose un peine de plata y concha por los cabellos admirablemente negros sin tintura, y me sonreía victoriosa, alegre con un triunfo más, aunque todavía agobiada de terror infantil. Retozando, le dije al oído, como si se tratase de un juego:

—¿Ves? Por aquí, por este pescuezo tan redondo y tan suave, donde nacen los ricitos crespos, te echará el verdugo la argolla...

—¡No! ¡Has prometido salvarme! —gimió, próxima a desvanecerse otra vez.

—Pues si he de cumplir mi promesa conviene no perder un minuto, Chula... Vas a contarme cómo fue, sin omitir nada, diciendo la verdad, ¿entiendes? Si mientes, ¡peor para ti! Y después recogerás tus joyas y el dinero que tengas; yo te daré el que te falte, y de aquí a la frontera francesa. ¡Habla, habla!

Capítulo VII

Parecíame como si oyese algo que supiese de antiguo. Mi adivinación había ido derecha a la verdad.

—Yo —declaró Chulita— no conocía a Grijalba; pero él, que era de mi tierra, me vio en el teatro y se encaprichó. Andrés, ¡el malvado Andrés!, andaba tan mal de dinero; las cosas habían llegado a un punto tal, que no tenían solución. Dirán que yo gasto... Él jugaba, jugaba y perdía. Se desesperaba. Me habló de marcharse a América, de pegarse un tiro, ¡qué sé yo! Oye: eso de mis joyas... Ninguna me quedaba ya. Todo empeñado, vendido, ¡hasta los muebles!, excepto estos, sin los cuales no me podía arreglar... Pero mira...

Abrió una puerta contigua al gabinete y vi una habitación desmantelada, con solo una silla paticoja y una mesa ordinarísima.

—Eso era el comedor... Tenía preciosidades... Talias, tapices, plata repujada, alfombras. Todo marchó... Un día me dijo que podíamos salir del paso; que había llegado su amigo Grijalba, hombre de dinero, y que, ciegamente prendado de mí, me adelantaría de seguro la suma que le pidiese. Y Grijalba vino, presentado por Andrés. Parecía entusiasmado; pero cuando llegó el instante de pedirle el adelanto de la cantidad, se mostró tacaño, se escurrió pretendiendo que era todavía modesto empleado; pero que el año próximo le asociarían a la Azucarera y, tendría medios de mostrarse más generoso. ¡El año próximo! ¡Años próximos a Chulita! Nunca he sabido yo lo que es el año próximo... Para mí no hay más que el momento presente... De ningún otro estamos seguros. ¡Bah! ¡La vida es corta! Y tampoco hay más amor que el presente, el que acaba de quemarme el alma, ¿has entendido? Y yo no me voy de Madrid, gitano, si no me juras que te reunirás conmigo en el extranjero...

—Adelante, Chula, adelante...

—Entonces, Andrés empezó a persuadirme de que teníamos otro medio de sacar partido de Grijalba. Él venía a realizar importantes créditos. Cosa de millones, según parecía. Si conseguíamos atraerle aquí un día en que acabase de cobrar, era muy fácil sustraerle la cartera, sin que pudiese reclamar, y hasta haciéndole creer que la había perdido en otra parte. Cuestión de habilidad. Pero Grijalba, muy precavido, depositaba sin tardanza en el Banco. Ya desesperábamos del golpe, cuando una tarde se me presentó Andrés; venía como loco y hablaba como en sueños.

—Ha cobrado hoy ciento setenta mil pesetas de la Casa Bordado y Compañía... No ha tenido tiempo de ingresar... Como es tan desconfiado, no lo dejará tampoco en el hotel... ¡Y vamos a arreglar que pase aquí la noche! Lo arreglamos. Andrés no aparecería; rara vez aparecía estando Grijalba. Se ocultaría. Mi doncella —lo mismo que en otras varias ocasiones, por lo cual no tenía que extrañarlo— fue enviada fuera, a dormir en casa de una prima suya. Andrés vino al anochecer: no le vio subir nadie. Los porteros estaban cenando. Momentos después, y sin ser tampoco visto, Grijalba. Le serví aquí mismo una cena fiambre, y procuré que bebiese la mayor cantidad posible de champaña y de licores. No diré que se achispase, pero algo se mareó. Contribuyó al mareo un cestillo de gardenias que me había enviado y que puse cerca. ¡Olían tan fuerte! Andrés se agazapó en esa habitación sin muebles. Esperaba a que yo registrase la ropa de Grijalba, sacase la cartera y se la pasase por la rendija de la puerta. Pero Grijalba era, en efecto, desconfiadísimo. A pesar del mareo, puso la cartera debajo de la almohada; se veía que no pensaba sino en su cartera. Aquello me indignó: era un desprecio para mí ¡Tanto preocuparse de su cartera! Yo no lo comprendo: lo primero es el amor. Salí con un pretexto y advertí a Andrés lo que ocurría. Le vi fruncir el ceño, morderse el bigote y reflexionar: «Apaga la luz —me dijo— y enciende de golpe cuando yo esté dentro». Le obedecí. Yo era una máquina. Andrés se quitó las botas: no le oí entrar. «Enciende», murmuró su voz, como un soplo. Di vuelta a la llave... No tuve tiempo sino de ver un relámpago, el brillo del estoque desnudo, que fulguró dos veces, al herir a Grijalba, que medio se incorporaba, atónito. La primera herida le arrancó un grito; la segunda, nada, porque había pasado el arma a través del corazón. Cayó sobre la almohada, inerte, ¡Qué pronto se muere uno! Por algo digo yo que todo vale poca cosa... Ya ves... Andrés registró y se guardo la cartera. Después volvió a calzarse —venía descalzo—. Luego se miró los puños y la pechera, receloso de alguna mancha. No la había...

—Sí la había —respondí a Chulita solemnemente—. Tanto la había, que yo la vi, y por ella he llegado a descubrir cuanto ha sucedido. Por una gotita, por nada. Sábelo, y ojalá quieras mudar de vida, nada se oculta; todo lo señala, todo lo revela «aquello» que nos castiga siempre a proporción del delito...

Un estremecimiento profundo pasó por el cuerpo de la pecadora. Un escalofrío sobrenatural heló sus venas un segundo.

—Cada uno tiene su suerte... Yo ya no puedo mudar de vida... Yo no puedo ser buena...

Acercó su boca a mi oído, como había hecho yo con ella momentos antes, y balbució:

—¡Estoy en poder del Malo desde hace tiempo! ¿No sabes que mi padre murió de la pena que le di con mis locuras?

Con infantil volubilidad, añadió:

—¡Pero sálvame! ¡Tengo miedo, mucho miedo!

—Sigue...

—Me dijo entonces que era preciso esconder el cuerpo, sacarlo de casa. La parte más difícil. Me entró una angustia... Bebí, para reanimarme, una copa de coñac. Andrés no hacía sino repetir: «Démonos prisa, démonos prisa». Le vestimos en un vuelo; se le manejaba bien porque estaba flexible aún. Le salía de la boca una espuma encarnada que limpié con un pañuelo. Nos olvidamos de cubrirle con el abrigo, porque él lo había dejado en la antesala. Yo cogí mi llavín y di luz a la escalera. Antes miré por la vidriera si andaba rondando el sereno, lo cual sucede rara vez si hace frío. Todo estaba solitario. Ayudé a Andrés a bajar el cuerpo al portal, y abrí la puerta de la calle. Por fortuna tengo bien poca escalera. Andrés me mandó que cerrase y subiese. Quería yo acompañarle, pero me dijo que una mujer llama más la atención. Bastaba él. Cinco minutos después volvió. «Le he dejado en el solar ese, al lado del hotel. Creo que tardarán en encontrarlo...». Se atusó, se miró al espejo. No se gastaría hora y media en todo lo que te he contado, desde la llegada de Grijalba hasta que descansó en el solar su cuerpo... «Conviene —advirtió— que me vean en algún sitio público; voy a hacerme presente... Tú lava si hay manchas; tienes horas disponibles». Y se fue.

Cuando dijo así Chulita, sonreí. ¡El fingido enojo del teatro de Apolo! ¡Un medio de exhibirse, de preparar testigos que afirmasen que casi a la misma hora en que el crimen pudo haberse cometido, él, Andrés Ariza, se encontraba en un teatro, lejos del lugar en que ocurría la tragedia!

—¿Y después, Chulita?

—Me quedé sola. Cada vez me persuadía más de que todo era mentira. ¡Qué disparate! ¡Un muerto, que parecía haberse deshecho en humo! ¡Un muerto en mi alcoba! ¡Yo vistiéndole, yo llevándole por la escalera abajo! Pero Andrés, al desaparecer, me había encargado que mirase bien si había sangre. «La sangre es la que habla», repetía. Miré. En las sábanas hallé señales. En el suelo, nada. El estoque era fino como una aguja. Lavé las sábanas, que poco tenían, y no quedó otra huella que el reloj, los gemelos y demás. De madrugada, Andrés vino: envolví cuidadosamente estos objetos y se los llevó para hacerlos desaparecer.

—Quien debe desaparecer inmediatamente eres tú —exclame, enterado yo de cuanto quería—. Vístete de trapillo; ponte sombrero pequeño, velo tupido, y dentro de una hora, si no recibes aviso en contra, vete a la esquina de la calle de... Allí te aguardará un automóvil alquilado por mí, que te llevará a Francia. Toma un poco de dinero; el mecánico te entregará un sobre con alguno más. Si puedes, no vuelvas a pecar...

Me clavó sus ojos orlados y que sabían volverse inocentes en su deliquio de pasión, y murmuró:

—¡Reúnete conmigo en Francia! ¡Aunque solo sea para convertirme!

Capítulo VIII

Puesta en salvo Chulita, faltaba hacer otra cosa. Desde que había reconocido con bochorno mi flaqueza, mi propia insania; desde que me sentí capaz de sufrir la atracción del abismo, me volví relativamente misericordioso; quería evitarle a Ariza, por lo menos, la afrenta pública.

Informado del domicilio del criminal, al preguntar por él en la casa de huéspedes —no muy decorosa— a que le había traído sin duda su crítica situación económica, me advirtió la patrona, encogiéndose de hombros:

—¿El señorito Andrés? ¡Pues si hace más de tres días que no aporta por aquí!

Me retiré sin demostrar extrañeza. Aun cuando la Prensa no había hecho alusiones que pudiesen alarmar al criminal, era lógico que anduviese azorado. Lo que yo le había contado a Chulita acerca de la desaparición de su cómplice era invención; pero en buena ley, no parecería sorprendente que levantase el vuelo el culpable.

«¡Vaya un policía que hago! —pensaba yo—. Soy un torpe con estos retrasos y preparativos. Lo primero que se mandaba antaño era "prender los cuerpos y asegurar las personas" de los sospechosos. Con mis romanticismos, a la una la he librado de la Justicia y al otro, probablemente también. Apenas se reirá Cordelero... En fin aunque tarde, hagamos lo debido. Voy a declarar ante el juez la verdad entera. Acaso Ariza no haya salido aún de España».

El juez me oyó con admiración. Mi relato era dramático y tenía el sello inconfundible de lo auténtico. Lo único que no le dije fue que Chulita seguramente no se encontraba ya en tierra española.

—Le aconsejo a usted, señor juez —añadí—, que me permita continuar dirigiendo este asunto bajo cuerda, a fin de que no se pierda un minuto. Los culpables, al pronto, han estado seguros, porque la Justicia seguía una pista falsa. Ha sido bueno que se me acusase. La opinión empezaba a extraviarse, y la Prensa a señalarme ya claramente, a azuzar al vulgo contra mí. Pero, de un momento a otro, Ariza, que tiene el dinero, puede evaporarse.

—Se van a tomar todas las medidas... Usted nos aconsejará...

Púsose la Policía en movimiento con gran reserva. Respecto a Chulita, sabía yo que no sería fácil capturarla, y que, además, no lo intentarían aún. A las doce de la mañana del día siguiente, tampoco Ariza había aparecido. Vino a comunicármelo el siempre receloso Cordelero, y comprendí que a pesar de lo significativo de esta desaparición, no había llegado a su espirítu la persuasión de mi inocencia.

—¿Cómo se explica usted que no aparezca el señor de Ariza? —me preguntó huraño.

—O él se esconde bien o ustedes le buscan mal —fue mi respuesta.

—Quisiera ver cómo le buscaba usted —retó el policía.

—Pues bueno —contesté, picado en el punto sensible del amor propio..., en la vanidad del aficionado que quiere dar lecciones a los profesionales—. Voy a rematar la suerte, amigo Cordelero. Voy a encontrar a Ariza. Ustedes, por su lado, trabajen; yo, por mi cuenta. Solo les pido un favor. Que hoy no me vigilen, y mucho menos vigilen la casa de doña Julia. Que nadie aporte por allí. Es indispensable. ¿Concedido?

—¡Si a usted «ya» no le vigilamos! —protestó él.

—Basta. Libertad y soledad, al menos por unas horas.

De nuevo llamé en mi auxilio a la extraña facultad de semiadivinación que sobre una base insignificante en lo real, me había guiado al través del laberinto del sombrío crimen, llamado, en apariencia, a no salir de las tinieblas, como tantos otros que en Madrid se cometen. Mis inducciones de psicólogo me sirvieron para combinar un proyecto a la vez poético y sutil. Me apoyé en la idea de «la querencia». Como el otro, el criminal la siente. Raro será el criminal que no ronde los lugares donde ha delinquido. La misma zozobra de la persecución los incita a llegarse a donde suponen que sucede algo que puede importales. Hay un anzuelo clavado en su alma, y el misterio tira del cordel y los atrae. Son peces asegurados por el pescador... Y en Ariza, a la querencia del crimen se unía la de la mujer. El pez picaría...

Me embosqué en el portal de Chulita, habiendo antes sobornado a la portera con propina untuosa. Estaba resuelto a no moverme de allí en bastante tiempo. Diestramente, me enteré de que en la casa la desaparición de la mundana no había preocupado a nadie, porque ella, cauta, dejó dicho a su doncella que iba a pasar un día en Aranjuez, de broma con amigos, y no siendo el caso insólito, nadie se preocupó, y se la esperaba aquella noche o al día siguiente. La Policía, siguiendo mis instrucciones, no había aportado por allí. Me instalé en un sofá desvencijado, en la portería, y aguardé en acecho, paciente. En el bolsillo de mi abrigo tenía un paquete de pasteles y emparedados para entretener el hambre si se prolongaba la guardia. A las cuatro de la tarde, nada aún. Entraban y salían gentes. De Ariza, ni señales.

Poco a poco fui despachando mis pasteles, devorados a la sordina con glotonería de hombre sujeto a un ayuno que agudizaban emociones intensas. Anochecía, y rogué a la portera que diese luz. La mujer principiaba a mirarme con suprema desconfianza; una nueva propina, copiosa, la anestesió. Las seis y media serían cuando mi corazón pegó el salto profético. Ariza, recatado por un abrigo y un tapabocas, penetraba en el portal.

Me adelanté y le cogí por el cuello.

—Ahora —le dije en voz contenida— no te me escapas. No intentes resistir; la calle está llena de agentes ocultos en los portales, y a un grito saldrán.

—Pero ¿quién es usted? —preguntó, echándose atrás y desprendiéndose de mis manos—. ¿Qué me quiere usted? Suélteme o...

—Salgamos —ordené.

Me vio entonces la cara y exclamó:

—¡Selva!

—Selva, sí; aquel con quien has querido cruzar tu destino. ¿No sabes que ese cruce es peor que el de dos espadas? Me has injuriado en Apolo para atraer la atención del público y que constase que allí estabas; has llevado al solar contiguo a mi casa el cuerpo del asesinado y has arrojado a mi dormitorio el paquete con los objetos comprometedores. ¡Has hecho mal! ¡Yo no soy hombre con quien convenga divertirse, señor asesino! Has despertado en mí la sagacidad del perseguidor y del vengador. He descubierto el crimen; y como me repugnaba enviar al patíbulo, o siquiera a presidio, a una mujer, yo he asegurado la fuga de Chulita, que está prendada de mí.

Escuchaba Ariza con expresión imposible de describir. Sus ojos llameaban en la semioscuridad de la calle, cual los ojos eléctricos de los gatos.

—No entiendo, no sé de qué crimen habla usted... —repetía estúpidamente; pero sus pupilas ardorosas desmentían sus palabras.

—No vale ya ese recurso —y dejé de tutearle—. Acepte usted serenamente la suerte. Tenga valor; es lo menos que puede tener.

—Tengo valor para comérmelo a usted —gritó; y sus puños me amenazaban.

—Pierde usted el tiempo... Mi intención para usted es buena, a pesar de que usted, imprudente siempre, todavía busca quimera conmigo. A una voz que yo diese tendría usted a la Policía encima; pero no la daré, a menos que usted me fuerce a ello. Al contrario; mi deseo es facilitarle a usted tiempo suficiente para... No; no es eso —exclamé, leyendo en sus ojos—. Escaparse, no. ¿Me toma usted por algún necio? Yo no protejo «así» más que a las mujeres; los hombres, que tengan alma. Usted no es un criminal de oficio. Usted ha sido siempre, a pesar de sus vicios, un caballero, por la clase social a que pertenece. Y un caballero tiene que creer que hay cosas que importan más que la seguridad y la vida. ¿Me equivoco?

Ariza callaba. Sus ojos giraban, como si buscase en el suelo la grieta que debía tragarle, sustrayéndole a mi presencia.

—No se equivoca usted —dijo al fin—; pero no comprendo por qué le interesa mi honor.

Sonreí y lancé la frase altivamente.

—Por espíritu de clase.

Miró de nuevo en derredor suyo. Puesto en el terrible trance, sin duda cavilaba en medios, en sitio, en algo que el natural instinto le impulsaba a no encontrar de buenas a primeras.

—No tengo armas—dijo al fin.
—¿Y el estoquito?—pregunté—. Hiere muy limpio, aunque en su pechera de usted había una gota de sangre, ¡sépalo usted, Ariza! ¡La sangre habla, como usted le advirtió a su cómplice!
—¡Maldita sea! —tartamudeó—. En fin, acabemos... Le he dicho que no tengo armas.
—Llevo siempre mi *browning* respondí—. Ahí va.
Inmediatamente sentí un escalofrío. La cara de Ariza era trágica, y me apuntaba a la altura de la frente, con mi propia pistola. Me dominé gallardamente, me crucé de brazos y le desafié con la mirada. Entonces, de súbito, bajó el arma y echó a correr enloquecido. Se detuvo en una plazoleta próxima. Un soldado; el dueño del figón donde pasaba las noches mi sereno; el dependiente medidor, le vieron acercar el arma a la sien, disparar, caer boca abajo...
Cuando se registró su cuerpo se halló, en un bolsillo interior, la suma algo incompleta. El bastón de estoque apareció en su propia habitación de la fonda, oculto bajo la alfombra, a ras de la pared.
Después de esta aventura, he comprendido que desde la cuna, mi vocación es la de policía aficionado. Las sensaciones que experimenté con motivo de mi indagatoria fueron de primer orden por lo intensas. Me di cuenta de que el fastidio no volvería a mí si me dedicaba a una profesión que tan bien armoniza con mis gustos, y, me atrevo a decirlo, con mis condiciones y aptitudes, o, si se quiere, mis inspiraciones atrevidas y geniales. Resuelto a ejercerla, me voy a Inglaterra a

estudiarla bien, a tomar lecciones de los maestros. Y tendré ancho campo en este Madrid, donde reinan el misterio y la impunidad. Traeré al descubrimiento de los crímenes elementos novelescos e intelectuales, y acaso un día podré contar al público algo digno de la letra de imprenta.